寒假來了！
一群國立彰化師範大學的原住民大學生，帶著滿滿的期待，前往安靜的武陵部落。

Taunasianin hamisan tu islunghuandaingaz!
Aiza tansusupah maisnasia 彰化師範大學 takisilazan tu isnanavan,
maadas mas makmuz aikasangan tu aistatalan, maiaupa sia manungsivantu asang Buklavu.

早晨,陽光灑進部落,他們抵達文化健康站,
長輩們早已笑盈盈地等著,熱情地迎接年輕的大學生的到來。

Cingmut, santaishangus vali a asang, kusia naia uanbukan sasaipukanmadadaingaz tu dangianan, maza madadaingaz a hai nautu isainin cia malngingitin mastatala naicia, manaskaldaingaz naia anpasdu mas minsuma tu Daingku isnanavan.

使用音樂:王宏恩《布谷拉夫/Buklavu》

「你好，我們是高齡健康促進與照護管理原住民專班的學生！我們要跟長輩們一起玩音樂、做園藝！」學生們教長輩製作傳統的植物手工藝，一邊聊聊天，一邊聽著布農族古調。

"Mihumisang kamu, kaimin hai isia mapasnava mas mapinhatbamadaingazin hamisan isasaipuk takisilazan tu isnanavan! Namuskunkaimin mamu tu madadaingaz malkauni mapinauaz lukis anis lipuah tuiskuzakuza!"
Maza isnanavan a hai masnava madadaingaz kauni ituhabasang makuuni ismut mas lukis tu kaiunian, isaincia naia mahalinga, musasu isaincia taaza mas isia habasang tu huzasBunun.

使用音樂：王宏恩《月光／Ana Tupa Tu》

下午的課輔班，小朋友們雀躍不已，大家圍成一圈，學習布農族特色的園藝勞作。

Mansanavan tu masnava mas uvazikit, maza uvazikit hai mastanin tumanaskaldaingaz, siainunu naia, mapasnava itu Bunun siduh makitvaivimapinauaz tu kuzkuzaun.

使用音樂：布農族童謠《好美的月亮／Masiala Buan》

「接下來,輪到音樂時間!」
學生們帶著鈴鼓、吉他,和小朋友們一起歡快的唱著歌。
"Musunuin hai nataunasianin mas mapasnava Ungngaku!"
 maadas a uvavaz mas bulungbulung at makuima mapatutuiaun tu haimangsut, muskun mas uvazikt manaskal kahuhuzas.

使用音樂:布農族童謠《拍手歌∕Kipahpahima》

大家到戶外，採著樹葉跟花朵，小朋友創造自己的小花園作品。

Kusia amin naia lumah tu nata, macingus siza lisav mas lipuah,
mazauvazikit hai malkauni mas kainanakan kauni tu pislipuahan.

在文化健康站的時間,學生們示範如何製作布農族的植物飾品,
長輩們都認真地完成了自己的作品。

Isia sasaipukas madadaingaz cia,
isnanavan a hai masnava tu napikunkauni itu Bunun siduh kaiunias lukis ismut kauni tu ispinanauaz,
mazamadadaingaz hai malmananu amin saukanahtung kauni inaicia tukaiunian.

在美麗的音符下，大家聽著長輩重溫他們的生命故事跟部落故事。
Isia masling tu sinpisuling, taaza naia mas madadaingaz tatahu inaicialainihaiban tu inihumisan mas isia asang tu laihaiban.

使用音樂：布農族古調《從此刻起／Paiska laupaku》

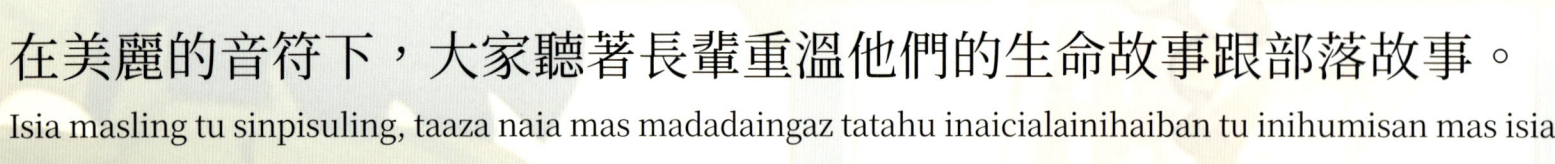

冬令營的最後一天，大家跟著長輩一起唱著布農族的傳統歌謠。
美麗的煙火讓小朋友的笑聲和歌聲充滿了整個部落。

Isia hamisan mapasnava mankinuzin tu hanian, muskun naia mas madadaingaz kahuzas mas itu habasang tu huzasBunun.
Cibabangbang at mataishang tu sapuz hai mapitpung itu uvavaz malngingit sinmas kahuhuzas tu singav sia sikaupa tu asang cia.

使用音樂：布農族古謠《歡樂在今宵／Manas kal Muampuk》

離開時，
長輩、小朋友和學生們依依不捨，大家約定繼續把這份美麗的文化傳承下去！

Taunasianin namapacinpalavaz tu hanian hai,
maza madadaingaz sin uvazikit mas isnanavan hai masni amin asa mapacinpalavaz,
mapatupamapatuhavit a naia tu mais katavin tu painsanan hai namuhnamapunahtung mapasadu,
muhnang mapasusunu mas saitan tu Bungka!

感謝與祝福

《聆聽布農文化的花草樂章》是一個真實又溫馨的故事。故事發生在 2025 年的寒假，國立彰化師範大學的高齡健康促進與照護管理原住民專班的大學生們來到台東的武陵部落，展開一段部落踏查及自願服務的冬令營旅程，這群熱情的大學生平日除了在學校學習音樂輔療、園藝輔療等課程，也經常到中部地區的長照機構和文化健康站帶領健康促進活動，擁有滿滿活力和專業，更帶著真心想為部落長輩與孩子們帶來歡樂的心。

參與這次冬令營共有 11 位充滿熱情的大學生，每個人都帶著自己的特長而來。有賽德克族的靜怡（族名 Iwa／依婉），手巧心細，做事踏實用心；阿美族的玉婷（族名 Amuy／阿美），文雅閒靜，總是主動協助大家；卑南族的巧敏（族名 Siwa／喜襪），內斂沉靜，做事沈穩；盧凱族的小巴（族名 Asyane／阿蝦呢），用經驗帶動氣氛，是大家的可靠夥伴；布農族的孟霖，（族名 Luku／嚕咕）爽朗體貼，擁有出色的運動能力，而恩雨（族名 Ali／阿里），笑容甜美，帶來滿滿的溫暖；還有泰雅族的林姿（族名 Toyu／斗尤），有著輕柔嗓音，深受孩子喜愛；函毓（族名 Ciwas／吉娃斯），心思聰敏，帶給長輩愉快的時光；而排灣族的紹寒（族名 Eljeng／娥冷），開朗健談，讓大家笑聲不斷；郁寧（族名 Reseres／惹思勒），有著溫暖的笑容，點亮活動現場的氛圍；以及素琴（族名 Kadrui／卡芮伊），有著出色的嗓音，以歌聲傳遞溫暖。

這次冬令營與武陵文化健康站及武陵課輔班合作，行程滿檔又精彩。早上，他們陪伴文化健康站的長輩一起進行音樂互動，花草勞作、還時不時聽見長輩分享過往的動人故事；下午則轉戰武陵課輔班，帶著孩子們唱歌、寫生、玩遊戲、寫作業，笑聲在教室裡此起彼落，他們撒下希望的種子，期盼孩子們未來能夠為部落盡一點心力，這場音樂與花草交織的文化之旅，不僅讓部落的長輩與孩子們收穫滿滿，也為這群大學生們帶來了珍貴的生命體驗與文化連結。天空滿滿的煙火和課輔班慧智老師的鼓勵，為這趟旅程畫下溫暖的落幕。

這本繪本的誕生也是眾多人的支持與鼓勵。感謝文化部及原住民族委員會的支持，感謝嘖嘖平台贊助的朋友，感謝武陵文化健康站及武陵課輔班的工作人員，感謝有盛雜貨店的協助，以及武陵部落的長輩與孩子們的熱情參與。希望這本繪本能觸動更多讀者的心，帶來文化的共鳴與美好的回憶。